中国邮政文史中心（中国邮政邮票博物馆）／编写

传邮万里 国脉所系

传邮万里，
国脉所系

CHINA POST

China Post

中国邮政历史悠久，源远流长，古代邮驿通信发端于夏商时代，至今已有三千余年历史。邮政是目前人类通信史上连续性最强的一种信息和实物传递方式，对文明进步具有非凡的意义。

1878年清代政府开始在海关试办新式邮政，发行了中国第一套邮票——大龙邮票。1896年3月20日，光绪皇帝正式批准开办清代国家邮政。中国近代新式邮政诞生后，开风气之先，正式向社会开放，满足民众需求，是中国通信史上划时代的里程碑，在推动中国社会的近代化过程中发挥了独特的作用。

辛亥革命后，中华邮政取代了清代邮政，彻底淘汰了邮驿系统，逐步从外国势力手中收回了邮权，限制了民间信局的发展。1931年"九一八"事变后，日军侵占东北三省，炮制伪满洲国政权，劫夺邮政权益。在东北工作的三千名邮政员工，深明大义，撤出

CHINA POST

东北，返回关内，表现了高尚的民族气节。1935年7月，南京国民政府颁布《邮政法》，规定"邮政为国营事业，由交通部掌管之"，实现了国内邮政业的统一。中华邮政注重多元化经营，业务经营范围比较广泛，开办了诸如快递邮件、邮政储汇、简易人寿保险等多种业务。

  1921年7月1日，中国共产党在上海诞生。为有效开展革命斗争，保障党组织间的联系，开始建立秘密交通，维护组织通信，这就是今天人民邮政的雏形。作家茅盾就曾经担任过党的秘密交通员。

  1927年"八七"会议之后，中国共产党吸取大革命失败的教训，开始探索农村包围城市的革命道路，建立了赣西南、闽西、湘鄂西、鄂豫皖等革命根据地，在秘密交通的基础上，组建赤色邮局，发行邮票，开办各种邮政业务。

  1932年5月1日，中华苏维埃共和国邮政总局在瑞金叶坪乡中石村成立，统一领导苏区的邮政，面向党政军民开展邮政服务。中央红军反"围剿"失利后，邮政总局机关分散随部队长征。1935年11月，中华苏维埃西北邮政管理局在陕西瓦窑堡成立，1937年9月，改为陕甘宁边区邮政管理局。

  抗日战争爆发后，中国共产党领导的各抗日根据地使用交通（总）站／局等名称，建立交通通信系统，发行了各具特色的邮票，克服了各种艰难险阻，开展邮政业务。在此期间，配合抗日统一战线，共产党领导的人民邮政与中华邮政有着多方面的合作。

1940年5月，周恩来在接见中华邮政西安军邮总视察林卓午时，专门为他写了"传邮万里，国脉所系"的题词。可以说，这八个字，是对邮政国家属性的最准确的描述。

抗日战争胜利后，党领导的各级交通组织迅速组建起随军邮局和支前邮局，有力支援了人民解放军的战斗行动。随着解放战争的胜利发展，东北、华东、华北、西北、华中、华南、西南等各解放区都建立了相对独立的邮政组织，先后成立了邮政总局或邮政管理局，并不断充实和完善各项邮政业务，发行解放区邮票，这些为新中国邮政的诞生打下了坚实的基础。

革命战争时期的交通邮政是中国近代邮政史上的一段特殊的光辉篇章，它肩负着党、政、军通信任务，同时服务于解放区广大民众，完成了大量的护送革命人员、运输重要物资等特殊任务，为我党取得革命事业的胜利做出了巨大的贡献和牺牲，是中国人民革命事业的重要组成部分。抗日战争期间，仅山东一地，就有四百多名交通员献出了宝贵的生命。山东战邮还创建了"邮政、报刊发行、交通"三位合一的体制，为人民邮政的发展积累宝贵经验。从1930年到1950年，各革命根据地共发行了四百五十五套邮票，不仅维护了根据地人民的通信权益，而且在鼓舞民心、宣传革命斗争等方面发挥了极为重要的作用。

1948年9月26日，华北人民政府成立，设立华北邮电总局。同年12月，毛泽东在西柏坡为华北邮电总局题词："人民邮电"。自此，"人民邮政为人民"便成为中国邮政的服务宗旨，一直激励着我们不断前进。

新中国成立后,1949年11月1日,中华人民共和国邮电部正式成立,中国邮政的发展掀开了崭新的一幕。

1998年3月,九届全国人大一次会议通过国务院机构改革方案,邮政、电信分营,成立国家邮政局,邮政开始独立运营,实行政企合一的管理体制。2005年8月,国务院印发了邮政体制改革方案,邮政实施政企分开。2007年1月,中国邮政集团公司挂牌成立,目前已成为经营邮政基础业务、金融业务(银行、保险、证券)、快递物流业务(标准快递、电商包裹、国际业务、合同物流)和电子商务的现代企业集团。

清代邮政

CHINA POST

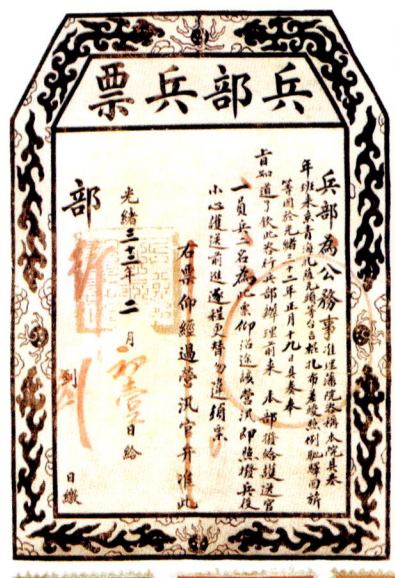

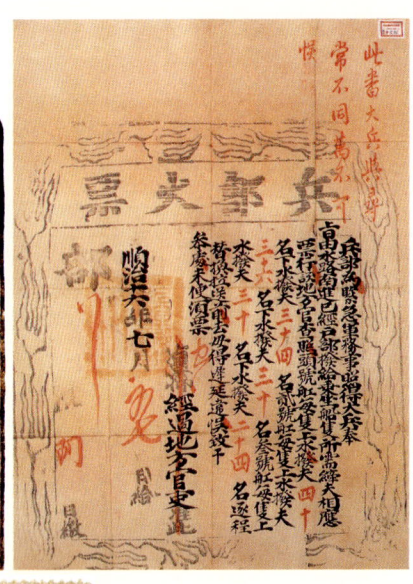

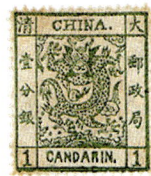

上 中国古代有组织的通信,主要依靠"传、邮、驿"(后世统称为"邮驿"),从殷商一直延续到晚清。古代邮驿为国家的统一、民族的融合和社会的进步,做出了重要贡献。图为驿站使用的兵部兵票、兵部火票。(中国邮政邮票博物馆馆藏)

下 1878年7月,中国第一套邮票——大龙邮票诞生。这套邮票以龙为图案,发行时并无正式名称,因票幅较其后发行的同样图案邮票稍大,故后人称之为"大龙邮票"。同年,清代海关在北京、天津、烟台、牛庄(营口)、上海五处试办新式邮政。

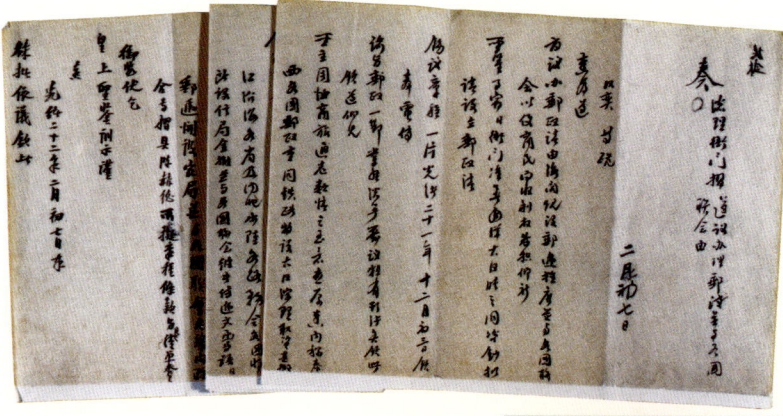

上 1896年3月20日，光绪皇帝在总理衙门关于办理邮政事宜的奏折上朱批"依议"二字，批准开办"大清邮政官局"，标志着近代国家邮政的诞生。
下 张之洞，清代洋务派代表人物。1895年12月，他书呈清政府《请办邮政片》，力主开办新式邮政，是国家邮政的积极倡导者之一。

CHINA POST

上 "大清邮政津局",建于1878年,前身为天津海关书信馆,坐落于现在的天津市和平区解放北路109号,目前为天津邮政博物馆。

下 清代国家邮政官局开办初期的北京邮政员工。

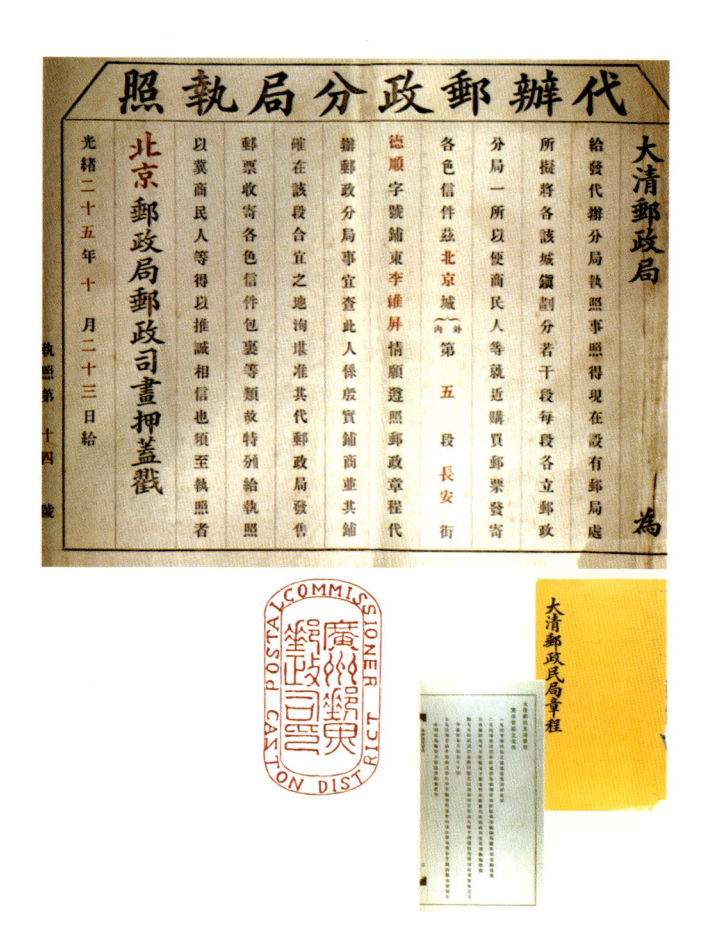

上　1899年，北京邮政局发给德顺字号铺东李维屏的清代邮政代办所邮政分局执照。

下左　1898年后，官办邮政业务开始向内地推广。此时，各海关所辖地区称为邮界，原设在海关的邮政机构，改称为邮界总局，仍由各海关税务司管理。图为广州邮界邮政司印。

下右　民信局约始于明代永乐年间，多设于沿江沿海经济发达、交通便利地区。在大清邮政官局开办初期，全国有几千处民信局，清代邮政官局试图将民信局纳入统一管理。图为1899年1月颁布的《大清邮政民局章程》。

CHINA POST

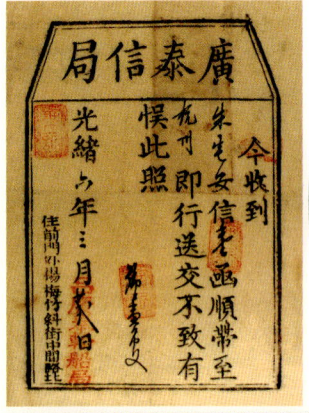

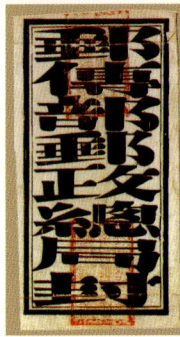

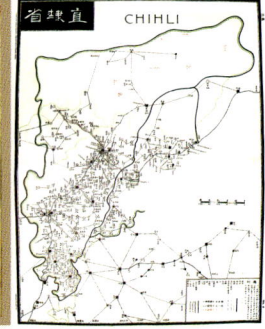

上左　广泰信局的收据（1878年）。广泰信局开设于乾隆年间，位于北京，后又于天津、保定等地设立分号，是华北地区设立较早的信局之一。

上右　1906年，清政府成立邮传部，准备接管海关邮政。1911年5月，海关邮政正式移交邮传部，邮传部成立了邮政总局。图为首任邮政总局局长李经方。

下左　邮传部中式公事封。

下右　1907年，海关印制了《大清邮政舆图》。舆图详细记载了国界、省界、府界、邮界、江河、村镇、邮路、铁路等，是清代邮政发展的重要实物见证。图为直隶省邮政舆图。（中国邮政邮票博物馆馆藏）

民国时期邮政

CHINA POST

上 北京邮务管理局大楼（1922年）。
下 民国时期东三省邮务管理局外景。

上　吉黑邮务管理局办公楼（1922年）。现为黑龙江邮政博物馆，坐落在哈尔滨市民益街100号。

下　上海邮务管理局大楼（1924年）。位于今天的上海市虹口区天潼路395号，现为上海邮政博物馆。

CHINA POST

左　山东邮政管理局大楼。
右　广东邮务管理局大楼（1916年）。现为广东省广州市邮政分公司的办公地址。

上左　湖南岳州一等邮局（1920年）。
上右　东川邮政管理局（重庆）门景（1919年）。
下　北京邮务管理局营业柜台（1922年）。

CHINA POST

左 南京邮政储金汇业局门景。邮政储金业务筹备于清末，1919年7月1日正式开办。邮政储金业务发展迅速，1940年4月，邮政储金汇业局正式加入四联总处（中国、交通、中国农民、中央四银行的核心组织），成为民国金融体系"四行二局（邮政储金汇业局、中央信托局）"的重要组成部分。

右 1935年11月，中华邮政正式开办简易人寿保险业务。图为上海邮政储金汇业局保险处柜台处办理业务的场景。

上　直隶邮局的邮运汽车（1917年）。
下　中华邮政的水上邮运飞机。

CHINA POST

上　直隶邮区张家口至库伦的骆驼运邮队（1920 年）。

下　南京的汽车行动邮局（1947 年）。抗日战争胜利后，公众对用邮需求日增，中华邮政发起了改良运动，在火车、汽车和轮船等地方，设立行动邮局，开办邮政营业网点，是重要举措之一。汽车行动邮局在南京创办后推广至上海、北平、汉口等大城市。

上　继汽车行动邮局之后，火车、轮船及三轮车等各式行动邮局也相继出现。图为京汉铁路设置的行动邮车（1947年）。

下　运行在京沪铁路上的新式火车行动邮局（1948年）。

CHINA POST

伦敦一版孙中山像邮票（1932年）。

革命战争时期
的交通邮政

CHINA POST

上左　中国共产党在创立之初建立了党内秘密交通机构和联络线，使之承担中央与各地党组织的联系，传递文件，运输物资，护送人员，为革命的胜利发挥了重要作用。图为秘密交通员张宝泉。1926年，他担任中共中央机关交通员、交通科负责人，1928年在上海为保守党的秘密献出了生命，年仅二十六岁。

上右　1932年5月22日，毛泽东、朱德访问福建古田邮政代办所，以红四军"军长朱、政治委员毛"的名义签发了"保护邮局，照常转递"命令。

下　红军第六军司令部布告中有关"保护商人邮政"的条款（1930年）。

上左　中华赤色邮政湘赣省总局局牌（1931年）。

上中　1931年9月，湘赣边省赤色邮票发行。

上右　1932年5月1日，中华苏维埃共和国邮政总局（简称中央邮政总局）在瑞金叶坪乡中石村成立。图为中华苏维埃共和国邮政总局旧址（江西省瑞金市中石村）。

中　中华苏维埃共和国邮政总局铜质印章（1932年5月）。

下　1932年5月1日，中华苏维埃共和国邮政总局发行了苏维埃新式邮票。图为中华苏维埃邮政欠资邮票。

CHINA POST

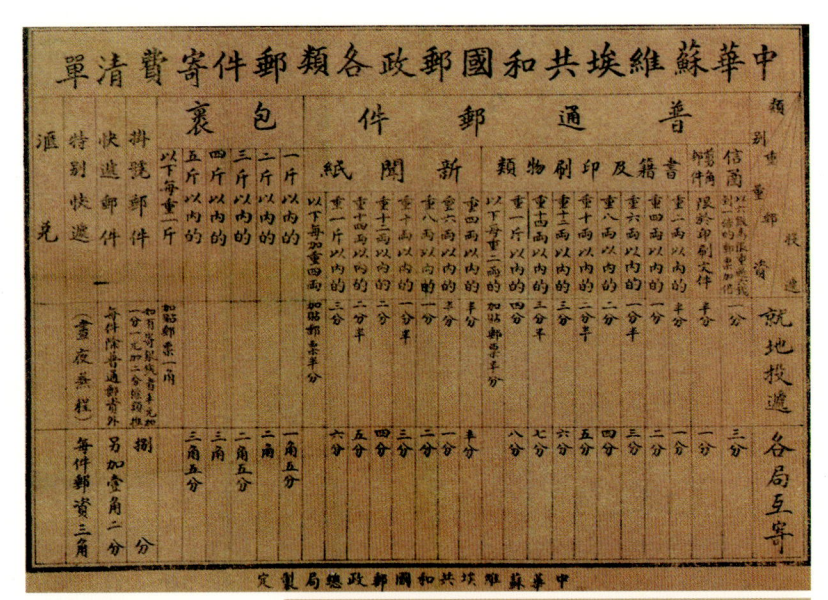

上　中华苏维埃共和国邮政各类邮件寄费清单（1932年5月）。

下左　1932年中华苏维埃邮政工会在瑞金成立后，各省邮政管理局和县、区邮政局都先后成立邮政工会。图为粤赣省邮务工会会员证。

下右　1935年11月，为适应革命斗争发展的需要，中华苏维埃西北邮政管理局（又称西北邮政总局）在陕北瓦窑堡成立。1936年7月，中华苏维埃西北邮政管理局改称中华苏维埃西北邮政总局。图为中华苏维埃西北邮政总局日戳。

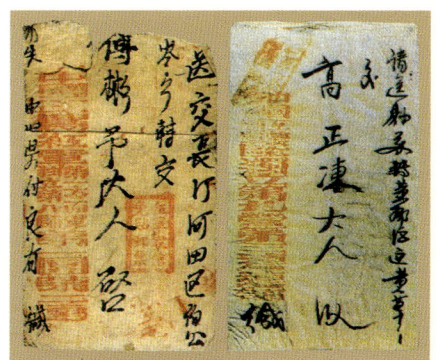

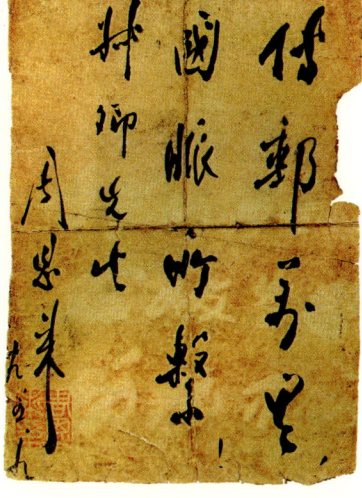

上左　加盖红军家信免贴邮票戳记的实寄封。 红军免费寄信是中国共产党领导的苏区邮政优待红军及其家属的一项重要政策，对于鼓舞红军斗志、密切军民关系、扩大红军武装都起到了重要作用。

上右　1940年5月9日，周恩来为中华邮政第三军邮总视察林卓午先生题词"传邮万里，国脉所系"。（中国邮政邮票博物馆馆藏）

下　1938年9月，晋察冀边区发行的专供军人免费贴用的抗战军人纪念无面值邮票。

CHINA POST

上　1942年2月7日，山东战邮总局在山东沂南县牛王庙成立。图为现在的山东战邮纪念馆，坐落于沂南县马牧池乡邮电支局楼内。

下　山东省战时邮局建设方案（1942年2月）。

上左　1943年1月，淮南交通总站发行的"稿"字专用邮票。"稿"字邮票是是专门供给当时淮南区《新路东》报社记者、通讯员寄发稿件使用的邮票，它是战邮的珍贵的历史见证。（中国邮政邮票博物馆馆藏）

上右　解放战争时期，党领导的各级邮政组织迅速组建起随军邮局，有力支援了人民解放军的斗争行动。图为山东省政府、滨海邮政管理局颁发给战邮立功人员的奖章（1947年）。

中　部分解放区人民邮政机构人员佩戴的臂章和胸章（1947年）。

下　冀热察军邮分局人员使用的邮件挎包（1948年）。

CHINA POST

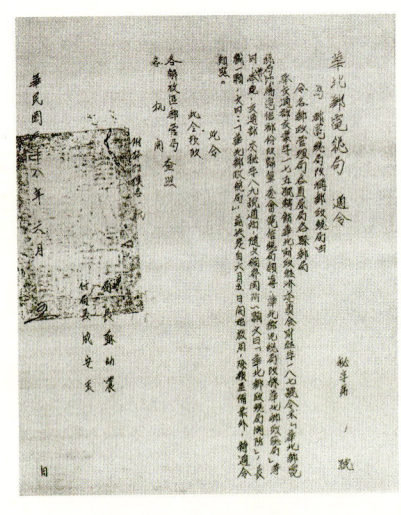

上　华北邮电总局关于该局改称邮政总局及启用局印的通令。1949年6月，华北邮电总局根据中共中央指示，筹备成立邮电部邮政总局，统一全国邮政，为新中国人民邮政的诞生奠定了基础。图为华北邮政总局关防印和条章。

下　1948年12月，毛泽东在西柏坡为华北邮电总局《人民邮电》周报题词，由上至下共写了三行，特意在第三行字的右下角标注了一个圆圈，表示对这一行的书写最为满意，建议采用。最终，第三行中的"人民"和"邮"三个字以及第一行中的"電"字共同组成了《人民邮电》报创刊后的正式报头，并沿用至今。"人民邮电"题词，意味深远地诠释了邮政事业与人民群众的内在联系，为新中国邮政事业发展指明了方向。